귀를 두고 오다

시와소금 시인선 · 147

귀를 두고 오다

백혜자 시집

시와소금

(캐리커처 : 이수연)

▌백혜자

- 강원도 춘천 출생으로 1996년 《문학세계》 신인상 당선으로 등단했다.
- 시집으로 『초록빛 해탈』 『나는 이 순간의 내가 좋다』 『저렇게 간드러지게』 『구름에게 가는 중』 『귀를 두고 오다』가 있다.
- 강원여성문학인회장, 춘천여성문학회장, 삼악시동인회 회장을 역임했으며, 2017년 강원여성문학상 대상을 수상했다.

- 전자주소 : peak777@hanmail.net

지난 이년은 나에게
시련의 날들이었다
이런 날들을 헤쳐 온 것은
산을 오르는 내 오랜 기도 때문이다
숨찬 성깔도
가슴 무너진 날들도
산은 말없이 나를 품어주는 경전
그리고 함께한 시우들도
나를 견디게 해준 힘이었다

시련의 와중에도
삶의 기쁨 하나쯤 있어야 하겠기에
나는 그냥 시를 쓴다

| 차례 |

| 시인의 말 |

제1부 내 안의 늑대

제2부 가시 돋친 말

제3부 쯔비 쯔쯔삐

제4부 세상을 낳다

제5부 분홍이 스며들다

제 **1** 부

내 안의 늑대

뒤틀리고 휘면서

나무는 더 높은 곳에 닿기 위해

초록 잎 팔랑대던 제 꿈

한 가지 포기할 때마다 울었겠지

겨울엔 눈보라 속에 나이테를 그리고

장애물 나타나면 팔 하나 내주고

뒤틀리고 휘었겠지

날아갈 듯 튕겨 나갈 듯

다리에 옆구리에 죽은 채 매달린 마른 가지들

봄비에 젖고 있구나!

바람이 온몸을 흔들어도

깨어날 줄 모르는

오래된 나무의 옛꿈

개

떠나지 못한 누옥 한 채
묶여있는 개

바람난 까마귀 구경하다
낯선 사람 보자 익쓰며 짖는다

꾀죄죄한 털 속에 파묻힌 눈
들여다보며 오래 서 있다

마파람 불어 뒷산 개복숭아 꽃망울
터질락 말락

미치기 전에
어디 가서 실컷 짖어 볼까

개나리 한 무더기

개나리 피는 봄날
친구와 양지 끝에 앉아
옛날 이야기하며 노랗게 피다가
그때 걔 말이야, 이름이 뭐더라
너 따라다니던
이름은 생각나지 않고 얼굴만 떠오르는
서로 끙끙거리며 이름 생각하다
눈물 나게 웃는다
나이 들면 더 가볍게
큰 그림만 보이는 걸까
꽃밭만 보이는 걸까?

국자와 춤을

소양강물에 쌀을 씻어 안치고
국을 끓인다

한입 떠 호호 불어 맛보고
반드르르한 국자 손잡고
빙그르르 돈다

이건 내가 주민 센터에서 배운 왈츠
파를 썰고 마늘을 다지는 난타
얼씨구
맛있는 냄새 집안에 퍼진다

보글보글 끓는 물에 계란도 삶는다
국자 손 놓고 아침 차린다
즐거운 소풍날 아침

조팝꽃 기다리는 금병산에 가야지

아무도 방해받지 않는

나만의 하루

건들지 마

중얼거리는 것은 나의 장기

혼자 욕하고 성내지

참고 또 참다가

꼭지 돌면 살인 날 수 있어

교도소에 갇히고 싶시 않아

난 외로운 늑대야

정도껏 씹어

화 돋우지 말아줘

순간의 실수로 널 죽일 수 있어

건들지 마, 제발

귀를 두고 오다

시퍼런 파도 들락거리는 절벽

다문다문 핀 방풍나물꽃 위에
귀를 떨구고 왔다

거기 누워 파도 소리나 들으라고
귀가 절벽인 나

내 혀로 찍어
상처 입은 사람들 용서하시라

나 이제 착하게 살려고
귀를 절벽에 놓고 왔다

기대다

기댈 때 없다고 투덜대는 나에게

나무가 허공에 기대어

너도 그렇게 해봐

비어서 얼마든지 팔을 뻗을 수 있지

날마다 가버린 사람 생각 말고

나처럼 뿌리를 깊이 뻗으며 견뎌봐

저절로 찾아와 몸 기대는 새들, 벌레들

거기 기대봐

부지하세월 기대노라면

날마다 바람은 너를 춤추게 하고

새가 노래하는 나무가 돼

꽃 피는 가랑잎

어린 상수리나무에
겨우내 달려 있는 가랑잎은
저녁 햇살 지나는 시간이면
빛이 피는
붉은 가랑잎 꽃나무다
잎 새마다
군데군데 파 먹힌 구멍들
바람이 흔들면
언뜻언뜻 보이는
허공이 꽃밭
외로운
파도 소리를 낸다

다시 봄

들판에 풀이 파릇파릇해질 때

나도 파릇해진다

마파람 앵두꽃 몽우리 만질 때

내 가슴도 봉긋봉긋 부풀고

잎눈 뾰족 끌어올려

연둣빛 새 눈 뜬다

시베리아 벌판에 가지 잘린 자작나무가

새 가지를 뻗을 때

얼음 녹은 바다로 다시 고래잡이 갈 때

망망대해로 가는 나는 봄이다

내 생에 여러 번 기쁜 건

다시 봄이 될 때다

내 오래된 기도

산을 오르는 것은 오래된 기도

터무니없이 망신 주고 깔깔대는
그녀와 다투고 뱃이 꼬여 쩔쩔매며
산으로 달려가던 날도
피붙이를 잃고 가슴 무너진 날도
산은 말없이 나를 품어주던 경전

숨찬 성깔은 바람에 실려 흩어지고
어깨를 내주던 상수리나무
눈물에 섞이던 바람
헐벗은 나무에 무게도 없이 쏟아져 내리던 햇살
겨울 가면 떠나간 것이 다시 돌아오곤 했지

파란만장한 시간을 씩씩하게 헤쳐 온 것은
산을 오르는 기도 때문

내려가지

해 질 무렵에
산이 흔든다

"내려가지"
뒤돌아보면 아무도 없다

기우뚱 기우는 나를
없는 손이 붙잡는다

"네 잘못이 아니야"
암자라도 지을 참이니?

어두워 오는 길로
터덜터덜 내려오면
하루가 꼴딱 저물고

나를 기다렸나
희미한 가로등 위로 달이 서 있다

내 안의 늑대

내 안엔 늑대가 살아
한번 걸리면 급소를 물어 즉사시키지
위장술의 명수인 늑대
까불며 날 놀리다가
한방에 물려 치명상 입은 게 한두 명 아니야
어떨 땐 잠재우느라 늑대에게 뽕을 먹일 때도 있어
슬금슬금 피하는 너희들 때문에 난 외롭지만
사랑하는 너만은 잡아먹고 싶지 않으니
제발 늑대를 깨우지 말아줘
미련곰탱이 영감아

너에게

네 방에 모나리자가 걸려있다

키가 웃자란 고무나무 창밖을 기웃대고

뒤늦게 편 편지가 책상 위에 놓여있다

베토벤의 운명을 들으며

밖을 내다보니?

정원엔 수선화, 백합 머리 내밀고

목련꽃 다시 와 뜰은 환한데

어서 돌아와 줄래

벽에 걸린 나를 좋아했던 너

운명을 멋지게 헤치고

널 괴롭히던 날 잊고

너는 누구의 봄인가

나뭇가지 끝에 잠든 하늬바람
들판에 아롱대는 아지랑이

광케이블에 앉아
반짝이는 은빛 햇살

새로 돋는 버드나무 잎들의 옹알이
은사시나무 한 채 가득 매달린 봄비

추모공원 뒷산
알 낳고 춤추는 들꿩

차창에 기대앉아 그대 보러 가는
민들레 갓 털

너는 누구의 봄이었니?

너처럼

파리가 옥잠화에 머리 처박고

저녁 햇살에 반짝이며 무아경이다

죽어도 좋아

여기서 잠들 거야

오늘 밤 나도 모란꽃 베갯모에

너처럼 코 박고 잠들어

몽유도원으로

날아가고 싶구나

상추 탑

상추가
그새 늙어 텃밭에
탑을 쌓았다

날마다 뜯어 먹히다
어느새
쇠어버려

뾰족해지고
익는 중이다

이 봄이 다 가도록
마음을 뜯어 먹힌 나도

익는 중일까
머릿속이 까맣다

제 **2** 부

가시 돋친 말

네게로 간다

능소화 피어

마당이 온통 주홍빛이다

넝쿨 아래 서니

이른 아침부터

벌들이 모여 분주하다

또 저렇게 한바탕 피었다

가겠지

오늘 하루도 네게로 간다

세에라자드*처럼

밤마다 저승사자를 잡아둘

이야기가 있었으면

너를 보내지 않았으련만

슬퍼 마

내 갈길 다 가면

나도 네 옆에 가

왕비처럼 누울게

* 천일야화 주인공

전복죽

이맘때면 꽃구경 가자는
내 등살에 나서던
이 봄엔 몸져누운 당신

전복죽 사러 가
기다리는 동안
조그만 풀밭에 눈길 꽂혀
네 잎 클로버 찾아본다

행운은 어디 숨었나?
보이지 않고
한심한 시간은 초조히 흐르고

죽 나오자
얼른 일어나 뛰어간다

빨갛게 부르네

널 그곳에 심고 온 후
노을이 된 너를
날마다 만나러 가는 중
사랑한다고 껴안고 있는 뒤에
나무들이 얼굴 붉히며 머물러있네
밤은 적막해 왜가리 소리도 퍼 들고 왔어
어제는 비가 내려 기다리다 돌아오는 길
구름 사이로 달려온 노을이 **빨갛게** 부르네
반가워 돌아서니
몸은 바람 피리가 되어 날아가고
호수는 한 잎의 모란꽃이 되었네
난 하늘로 넌 땅으로 내려와
얼싸안고 붉어지는 저녁이 흐르네

가을 기도

종일 걸어온

노을 되어 어둠에 스미고 싶다

내 몸에 벌레 소리 잦아들고

먼데 강이 빛에 젖어 하늘로 가듯

가을 저녁으로 흐르고 싶다

하루를 보내고

먼나무 부르며 달려오듯

우주로 달려가는 노래이고 싶다

노을이

그가 내 손을 잡는다
한참을 서서 바라본다
머물고 싶은 순간이
사라져가고
바람결에 실려 오는 태풍의 기미
잊었던 얼굴이 불쑥 다가선다
어디선가 짝을 부르는 풀벌레
목이 쉬겠다
시간은 소리 내며 흘러와 흘러가도
가득히 출렁이고
떠내려간다

누가 자고 갔을까?

잠결에 오른쪽에서 고른 숨소리 들었는데

깨고 나니 여전히 혼자다

자두꽃 바람에 흩날리고

한 줄기 바람이 향기를 실어 온다

간밤 내 옆에서

자고 간 사람 누굴까

까치가 시끄럽게 울고

무슨 일 있었나?

속이 울렁거린다

눈만 동그랗게 뜨고

어린 떡갈나무 아래
날지 못하고 서있는 까마귀

눈만 동그랗게 뜨고

등 뒤로 나비 허위허위 날아가는데
새소리 만발한 키 큰 나무

해는 점점 낮게 드리워 눈썹만 남고
해 꼬지 할 짐승 눈뜰 때 다가오는데

어서어서 날아가
옆에서 발 굴러도 조금 비켜 날뿐

어쩔 수 없는 일
너에게도 있었나 보다

느실난실

박새들은 느실난실

지저귀며 솟아오르고

조금 늦어지겠음

전보를 들고 불어오는 바람에

오솔길 따라 벙글던 진달래

가는 목 위에 탐스럽게 피었다

내게서 향내를 맡고

지나던 벌 한 마리 맴돈다

골짜기 한 송이 바람꽃

해 질 녘까지 아느작아느작 흔들리는

아까운 봄날이다

네바다 느티나무

첫눈이 푸짐하게 내릴 때
바람난 똥개처럼 쏘다니던 우린
마을 어귀 느티나무 기둥에
주머니칼로 이름과
영원이라고 글자를 새겨놓았시
첫눈 오면 다시 만나자 약속 남기고
헤어지던 풋사랑
한두 점 흩날리다 그친 것이 첫눈인지 아닌지
그날처럼 내리던 첫눈은 다시없었으니까
그가 미국인이 되어 머리에 흰 눈을 쓰고
나타날 때까지 까맣게 잊고 지냈지
사랑은 나무속으로 들어가 더욱 무성해지고
부푸는 가지마다 그리움이 만발한 어느 봄날
네바다에 묻혔다는 네 소식이 왔어
그렇게 큰 나무가 울던 날이었어

단풍 드는 하루

어느 사이 단풍 들었나?
서로 놀란다
아픈 다리 아픈 허리 모두 샛노랗다고
청국장 한 냄비 시켜놓고 수다는 만발
각자 자기 말이 바쁘다
세파를 헤쳐 온 배
시간의 검은 산* 쪽으로 빨려가
파산이 코앞인데
온몸 꽃이 된 당단풍
저 잎 다 지려면 얼마나 아플까?
하늘에 검은 파도 출렁인다
항구를 모르는 건 다행이다

* 천일야화의 항로이탈

당하지 않고야 무얼 알겠는가

직장 오가며 밥벌이하던 시절

어린것들 기다려 서둘던

바쁜 저녁이 텅 비어있다

벽에서만 웃고 있는 가족

홀가분한 몸을 바랐건만

날은 날마다 모든 걸 이야기했어도

당하지 않고야 무얼 알겠는가

그래도 내일은

산 너머 날아갈 수 있을까?

대리석 왕

태양왕 루이 14세도 저승사자가 끌어가고
루이 15세와 마리앙뜨와네뜨는
단두대에 모가지가 날아갔구나!

지금은
베르사이유 대리석 궁전과 왕비의 별장만 남아
관광객의 알현을 받는다네

거울 궁전 뵙고
바람에 떠도는 시* "멋진 가문"이나 음미하며
휘파람 불며 저녁 먹으러 간다네

내가 왕비가 안 된 건 천만다행

* 자크 프레베르의 루이 왕조를 풍자한 시

45

대설 무렵

솔방울이 툭, 하고 떨어져 애처롭게 나를 쳐다본다
무심코 위를 보니 남아있는 솔방울이
떨어질 듯 모두 나를 내려다본다
떨어진 것과 나무에 머무는 것들이
안타깝게 서로를 바라보는 소나무 아래
화살나무 이파리가 파르르 떤다
나도 나를 꼭 붙들고 있다

가시 돋친 말

귀 등으로 슬그머니 굴러 떨어진다
말이 말을 낳는 것 싫다

애완견을 좋아하는 건
말을 하지 않기 때문일 거야

안고 다녀도 끌고 다녀도
귀엽게 꼬랑지나 흔드니까

돈 벌어다 주고
구박받는 인간도 많은데

최소한 시비에 걸려들지 않으려면
벙긋벙긋 웃기만 할 것

창밖에 긴 머리 여인이
애완견을 안고 산책한다

봄비

빗줄기
묵묵한 암자의 지붕을
세차게 두드린다
발기하는 둥굴레가
삐죽삐죽 땅을 뚫고 나오고
빗물이 골을 이루어
아래로 흘러넘친다
돌중은 눈 맞은 보살을 기다리며
목을 빼고 내려다본다
부지깽이 꽂아도 싹 난다는 봄
별수 없는 봄이로구나

돌무덤

조팝나무 아래 돌무덤
어디서 날아와 터 잡았나
민들레 피고
민들레 갓털 같이 늙은 외숙모
무심히 앉아계신다

인민군에 복역해
동네 청년이 돌로 쳐 죽였다는 외삼촌
홀로 남아 유복자 키우며 헤쳐 온 그녀의
아득한 한 세상에 다시 봄이 와 기울어 간다

외삼촌이 지었다는
누옥에 하룻밤 묵으려니
낡은 벽지 위
알주머니에서 부화한 거미가
그 어미들의 새끼처럼
줄을 타고 내려온다

제 **3** 부

쯔삐 쯔쯔삐

쑥부쟁이

전원주택 짓다 남은 능선
산 동백 눈물 닦아주던 봄바람도
버썩 늙어 근심에 잠겼구나!

함께 잠 깨던
호랑나비, 박각시애벌레
진달래, 누린내 나무 사라진 자리

환상통 앓는 수척한 산은
없는 옆구리 쪽으로 자꾸 몸이 기운다

전원을 사랑하는 사람들이
견고하게 쌓은 절개지 벽돌을 뚫고
쑥부쟁이 피니 나비가 한들한들 찾아온다

가을驛

창가에 앉아 햇살에 담뿍 물드는데
까똑, 하고 부른다
이 누구 씨 남편 사망
가을이 폭삭 내려앉은 동창들이
장례식장에 모여 있다
과부가 더 많네
상제가 따라 웃다가 내 귀에 대고
나 지금 너무 좋아
병구완 20년에 드디어 석방되었구나
덜컹거리며
코스모스 늘어선 오후 5시 역을 지난다
내일은 그 남자 리무진 타고 가
하늘로 날아가겠지
저녁 역에 도착하니
누구를 기다리나
별들도 다투어 등을 내건다

디기밭 갈며

화전민 떠난 산골
오두막 짓고
디기밭 갈며 살고 싶다

허깨비와 콩 심고 팥 심어
구름에 밥해 먹으며
앞산 등에 기대어 뜨는
붙박이별 되고 싶다

마녀가 찾아내도
별 볼 일 없어
낮잠 자다 돌아가는
심심한 산골 그곳에서
살고 싶다

* 디기밭 : 강원도 고원평지에 화전민이 일구던 밭

노숙

목련나무

가을이 밤새도록 깊어졌다

하룻밤 묵은 나그네새

엉덩이가 올려다보이고

죽은 듯이 숨어있다

떨어진 낙엽이 나 여기 있다고

바스락거린다

날이 밝았는데

달이 떠서 내려다본다

마두금

주인 손길 잃은 회양목
여기저기 뿌리 돋아
자글거리는 울타리 안
풀 뽑는 저녁
개양귀비 꽃잎
바람에 날아와 눕는다
벌써가니?
왔다 가는 나날의 삽화
종마 같은 내 남자
두고 떠난 텃밭
바람이 현을 켜면
마두금 애달픈 소리를 낸다
어미 잃은 낙타에게
몸을 내밀듯
나를 스치는 손길

말채나무꽃

나무 그늘에 앉아서 위를 올려다보니

공중을 뚫고 올라가 구비 친 말채나무 가지마다
자자분한 하얀 꽃을 가득 이고 있다

어디서부터 오는 향기일까
진작부터 두리번거렸는데

흰나비 먼저 알고 아득히 높은 곳으로
떼지어 오르내리는구나!

나비를 불러
올려 춤추게 하는 꽃 무리가

시간을 따라온 내 흰머리 위에
한 잎, 두 잎, 또 한 잎…

꽃을 내려
내 몸에서 꽃이 피는구나!

맹꽁이별

수천 년 전부터 지금까지 살아온 맹꽁이의 별 중도
천지를 헤집고 다니는 인간이
중장비를 끌고 와
레고랜드를
짓는다고 법석이다
별 하나 또 꺼진다
섬이 뜨거워 물속 에 잠기고
긴 세월 지난 후
이 시대 지층에서 발굴되는 유물은
플라스틱 무덤과 거북목 인간이겠지

몸을 섞다

귀뚜라미 울음소리 사락사락 내려와
달빛에 젖어 드는 밤입니다
창 밑에서 잠 못 드는 바람이 뒤챕니다
그대가 가고 지구는 텅 비어 버렸군요
영혼은 불멸이란 말에
몸을 섞어봅니다
길 끝에는 새로운 길이 열린다지만
여기까지 오느라 지쳐버렸네요
무거운 고요를 한 짐씩 벗어
달빛에 부려 놓으면
찌르륵 찌르륵 어디로 흘러가나요
못 보던 별 하나 아득히 서 있네요

무서리

간밤 무서리에

주저앉은 공작국화 꽃송이

늙은 나비 매달려 떠날 줄 모른다

거미줄엔

저녁 햇살만 담겨있고

나뭇잎이 중얼중얼한다

오시오, 오시오하며

지빠귀가 몇 번을 울다 먼저 간다

물박달나무

나무야 내 서방 될래?
본서방 잡아먹으니
기댈 데가 없구나!

꼬시는 내내
먼 호수만 바라본다

물 박달 씨!
잎 피고 꽃피는 네가 그냥 좋아
손을 가만히 잡아본다

물푸레나무

산모롱이
누군가 기다리는 것 같아

가쁜 숨 쉬며 닦아 가면
잎 진가지 바람에 흔들리는
물푸레나무 한 그루

차고 단단한 몸을 안으니
그가 푸르스름하게
몸으로 번져온다

네 안에 날 기다리던 사람
누구니 물으면 먼 하늘만 본다

어느새 저녁 해가 온몸에 빛나고
가지마다 잎눈이 나를 쳐다본다

하루 겨울 가면

하루 봄 오겠지

혼자 말하고 혼자 듣는다

물의 살

물의 배를 가르고
가마우지가
붕어 한 마리 꺼내 물고 사라진다
갈라졌던 호수가
곧 잔잔해진다
물속에 수양버들 흔들리다
다시 평온해질 때
저녁 해가 황금빛을 뿌린다
저렇게 턱 갈라
병든 내장을 꺼내고
없던 일처럼 붙여놓을
명의는 어디 있는가?
전능한 손을 기다리던 날들이
슬프게 스치고 간다

바리공주

살면서 지옥에 여러 번 다녀왔지요

그곳을 벗어나

오월을 바라본 어느 날

눈 시리게 푸른 천국이

곁에 있더군요

죄 많은 몸 죽어

또다시 지옥 가는 건

황당해요

뒷동산 꽃밭에 묻어주세요

동네* 산에

개발금지구역 푯말

땅땅 박아주세요

* 한국 무의 저승은 뒷동산 꽃밭. 바리공주가 부모를 천도 재생케 한 곳

쯔삐 쯔쯔삐

박새 한 마리
폴짝
낮은 가지에 앉는다
쯔삐야
목청껏 부른다

귀를 쫑긋 열고
한참을 기다리다
더 높은 가지로 옮겨 앉아
쯔쯔삐
더 크게 부른다

불러도 대답 없는 이
너에게도 있니

박새 눈에
눈물이 글썽이는
저녁

커플티를 입은 개

주인과 같은 커플티를 입은 개를 데리고

산책 나온 사람이 곁을 지나간다

커플티를 입은 개는 달리고 싶어

목을 길게 빼며 안달하다

하소연하는 듯 나를 바라본다

그런 눈으로 보지 마라

나도 때론 너처럼 커플티를 입고 산책 나온

애완견이 되고 싶단다

ㅅ과 ㅊ의 거리

시외버스에서
내린 할머니

여기가 순천인가요?

여긴 춘천인데요

해 저물었는데
어쩌나
나에게도 있었지
낯선 곳을 헤매고 돌아다닌
잘못 본 받침 하나의 거리
갔다가 다시 오고
왔다가 다시 간
시간이 깊어가는
내 평생의 우주

제 **4** 부

세상을 낳다

해운대 비둘기

홀로 모래톱에 서 있는 비둘기
달려오는 파도를 멍하니 바라보고 있다
저런! 한쪽 발가락이 잘려 나갔구나
문득 암으로 죽은 시집도 못가 본 완순이 생각
죽으면 고향 앞바다에 뿌려달라던 너
지금쯤 묵호 바다를 떠돌고 있을까
죽음이 닥쳐온 마지막 날
오빠를 대신해 돌보던
조카를 보고 싶어 했지만
처녀귀신 붙는다고
얼씬도 못하게 했다지
멀리서 소리도 없이 오는 어둠
어서 오라고 재촉하듯
파도가 달려와 부서지곤 한다
세상에 사라지는 것은 없어
넌 지금 아무 걱정 없이
바다를 날고 있겠지, 완순아!

밥

아버지가 밥 주던 시계
밥 안 먹고 뭐하니?

땡땡 2시를 칩니다

얼굴을 천천히 더듬으며
내려다보시는 아버지

찌르레기 돌아오고
솔개 돌아가요

밥 먹어야 산다
밥 먹어야 살아

아버지 째깍째깍 재촉합니다
어떻든 밥 먹으라고

소리

봄을 묻히고 온 바람이

양버들 머릿결을

사르륵사르륵 헤집는 소리

물총새 한 마리

물속으로 풍덩 날아들고

번쩍이는 물길을 허리에 두르며

시침 떼며 흐르는 소리

어디서 물레새 물레 돌리고

모질게 피어나는 애기똥풀꽃이

떼지어 노랗게 강변에서 우는 소리

올 사람도 없는 옛 배 터에 앉아 듣는

무심한 봄의 소리

백당나무 밥집

나비처럼 떠나야지
웅성인 소리
하얀 꽃송이 문 연 오월의
백당나무 밥집

밥 한술 먹고
나뭇잎 사이로 흐르는
하늘 마시러 가야지

날아서 날아서
앞산 진달래꽃 가지
뉘엿뉘엿 해 지면
잰걸음으로 오는 어둠

사뿐사뿐 돌아와
별 반짝이는 하늘 덮고
한 세상 깜박 잠들어야지

봄 꿈

그네를 타고
발 굴러 힘껏 나르면
밑에서 파릇한 애인이 쏘아 올리는
오색 비눗방울
새살림 차릴 생각 몸이 부푸는데
구름으로 몸을 감춘 당신
목련 나뭇가지 끝에서
빼꼼 내다보며
반짝반짝 웃어주다가
선잠 든 나를 깨워
에덴동산 밖으로
쫓아낸다

내 오래된 사랑은

너는 밥, 한결같은 내 사랑

밥이 지루한 점심엔
신라면 끓이다 청양고추 다져 넣어
매운맛에 엔돌핀 돌게 할까

밥 먹기 싫은 날은
끓인 라면 건져 참기름에 비벼
고소하고 쫄깃한 맛이나 볼까

이도 저도 신통치 않은 날은

능수벚꽃 아래로 가
가래떡 몇 점, 봄 파 넣고
소고기 삼양라면 끓여
색다른 맛을 느껴볼까

오래된 내 사랑, 나를 믿지 마

그런 사랑 밋밋해 샛서방 만날 수도 있어

* 메디슨 카운티 다리에서처럼
* 중년의 외로운 주부와 떠돌이 사진기자와의 사흘간의 일탈을 그린 영화

살구꽃

은하 건너 어디쯤
그대 두고 혼자서 온 봄
보고픈 마음 안주 삼아
어느새 빈 술병처럼 앉아있다
마당엔 살구꽃 흐드러지게 피고
얼굴도 붉게 피어
하염없이 지는데
못 보던 바람이
쓰다듬어
머리에 내려앉는 꽃잎
겨울 건너온 살구꽃
그대 소식인가

상수리나무피리

어린나무에

겨우내 달려 있는 가랑잎

맑은 날 저녁이면

붉은 물이 든다

벌레 먹은 구멍마다

바람이 피리 불면

눈부신 파도 소리

산을 흔든다

세상을 낳다

서나무는 기둥을 낳고
댕댕이덩굴은 바구니를 낳고

조팝나무는 조팝을
괴좆나무는 구기자를 낳았다

닭 횃대에 오른 초저녁에 엄마는
나를 낳고, 암탉은 병아리를 깠다

낳고, 낳고 또 낳아
흐르는 강물처럼 언제나 가득 채워지는 세상

나는 아들, 딸 낳아 빈자리를 메웠고
아들은 제 아비를 낳았다

버드나무 솜털이 바람 불 때마다
사르르 우르르 오월을 낳는 저녁

치매 걸린 할머니 아들보고
영감 어디 갔다 이제 오슈 하더니

나이 먹어 난 우리 엄마를 낳았다

서어나무 숲

울새야 슬픈 날은
서어나무 숲에 가렴

출렁대는
싱그러운 나뭇가지에 앉아
떠난 임에게
르루루르 피리나 불어주렴

해 저물도록 불어
하늘로 자꾸 올라가게

다 퍼내고
서어나무 푸른 숲에
물들어 오렴

백일몽

앞산에 산 벚꽃
환하게 손 흔든다
그에게 가고 싶다
수리수리마하수리
벌로 난다, 나라간다 붕붕붕
파랗게 젊은 그대에게로
오늘은 그 속에 파고들어
꿀을 먹으리
붕붕붕 춤추고 노래하며
초근초근 조르며 홀리며
요리조리
그대 꿀 다 파먹으리

텃밭을 풀어주다

올해는 텃밭을 석방해 줄까
나생이, 민들레 며느리밑씻개
바랭이, 느쟁이, 뺑대…
모두 모여 무럭무럭 자라
봄, 여름 내내 뒤엉켜 살라고
땅강아지 개미 모기 오줌싸게
여치 베짱이 방울벌레 나비…
불러 모아 지지고 볶으라고
한여름 지나
제멋대로 열리는 음악회나
즐겨볼까?

풋살구

달이 밝아
두 근 반 세 근 반 설레었던 밤
부엉이가 울었다
그때부터 시작된 연애가
꼬여
죽을까 말까 방황도 했었지
시나브로 멍들었던 가슴
안개처럼 사라지고
살아있으니 만나게 되네
그 잘난 얼굴
영감탱이가 되어 오다니
푸 하하하
꽃물 든
풋살구 맛이 난다

왜 죽여?

깨알만 한 날벌레

손등에 내려와 앉았다

생각할 새 없이

탁 내려치니

으깨지며

빨간 피 한 톨이 톡 튀어나왔다

졸갑스런 나를

빤히 올려다본다

왜 죽여, 하는 듯

쑥국

시골집 마당에 산당화는
그윽이 내려다보는 하늘 향해
분홍 입술을 환히 열고 있습니다
그 곁에 산채로 타오르는 향나무
바람이 불어와 흠향하고 갑니다
나무마다 새잎 돋아나고
발끝에 묻어오는 초록 들판
쑥국 좋아하는 당신 생각하며
밭두렁에 주저앉아
봄날을 뜯었습니다
오늘 저녁밥 말아 드시고
파릇하게 살아나시길

호랑거미

공중에
호랑거미 죽은 듯 매달려있다
어제 내린 비 다 맞고 멀쩡하다

다시 가을볕 쏟아지고
노랗게 핀 뱀딸기 꽃 향해 날아가던
배추흰나비 걸려들었다
푸드득 푸드득 현이 울린다

들여다보니 사방에 걸린 거미줄
내가 너를 잡아
내 새끼를 까야지

살아간다는 건 이런 거,
언제 그런 일 있었느냐는 듯
나비 날개 매달려있다

제 **5** 부

분홍이 스며들다

아무렇지도 않은 슬픔

주문진 수산시장
커다란 고무다라에 갇힌
복어를 구경하는데
주인아주머니가 나와
얼른 꺼내 퍼들쩍퍼들쩍
온몸으로 저항하는 복어를 흔들며
싼값에 회를 떠준다고 한다

아주머니가 복어를
물속에 넣어주자
한번 자맥질하고 숨을 몰아
찌-익 물을 쏘고
몸을 뒤집어 기절한다
몸에 독을 품은 채

먹고 먹혀야 하는
아무렇지도 않은 슬픔이
여기저기 널리었다

안녕하십니까?

설거지하다 손에 비누 거품 묻은 채
달려가 전화 받는다
안녕하십니까?
아무개 후보입니다

선거철 돌아오면 안녕을 챙기는 사람들
거듭거듭 안녕을 묻고
오늘도 아침부터 나를 챙긴다

그렇게 목에 힘주던 사람이
힘 풀고 꾸벅꾸벅 인사하며
잘 살게 해주겠단다

빨래를 널러 가니
땅을 빼앗긴 집게벌레가
고층 아파트 베란다까지 올라와 엎드렸다

안녕하십니까?
나도 벌레에게 안부를 묻는다

어둠이 꽃을 이고

필근이네 집 낡은 지붕엔

저녁마다 박꽃이 피어

어둠이 꽃을 이고 떠 있곤 했지

햇애기 업고 나와

당신의 귀가를 기다리던 달밤

화천 근교

군부대 쪽에서 오는 푸른 제복의 발소리

그리로 환하게 밀려가던 달빛

20대 무렵이었지

강철 같던 몸 어디 가고

병상에 누운 당신

부모보다 더 오래 함께한 우리

사네, 안 사네, 싸움도 숱하게 했지만

걸려있는 행복도 많다

구름이 구름 낳고 그 사이로

가볍던 시절이 파랗게 열리고

빛이 쏟아지곤 한다

염주알처럼

사람을 염주알처럼 돌리는
3월의 둥근 운동장
은사시나무 철쭉 라일락 함께 돈다
앞에선 뒤늦은 나이에 재혼을 약속한 이웃이 돌고
뒤를 따라 뚱뚱한 아줌마가 돈다
햇살이 주술처럼 쏟아지고
연둣빛 물든 버드나무 가지
날아갈 듯 휘어지고
돌아온 찌르레기
접신한 듯 허공을 가르고
나는 그대 손잡고 소원을 한 알 한 알
굴리며 운동장을 돈다

울어서 붉게 저문다

작은댁 애기씨세요
아득히 잊힌 단어

잠시 어리둥절하다가
나인 것을 안다

저편에서
울먹이는 소리…
오빠가 돌아가셨어요

그동안 소원했는데 부음 듣고
문상 가서야 사진과 마지막 이별을 한다

돌아오는 길
만개했던 목련꽃이
후드득 진다

애기 씨가
잠시 피었다 진 봄날이
울어서 붉게 저문다

입춘 무렵

나뭇가지마다 윤기 돌고

서둘러 바람에 날아가는 풀씨들

겨우내 자작나무 끝에 매달린

유리산누예나방의 집

애벌레 발길질에 뒤뚱 흔들리고

어디서 물을 길어 올리는지

빌딩 같은 버즘나무 가지가

골고루 파랗다

명랑한 죽음

단풍 든 잎들이
새 떼처럼
명랑한 몸짓으로
날아가고
잎 진자리마다
다음 생을 기다리는
탱탱한 꽃눈이
※내가 죽는 날
나는 부활한다
그 말을
싱그럽게 보여준다
쇠치기풀도
죽어 엎드리며 뿌리를 덮는다

* 90세 신학자 볼트만이 자신에 묘비명으로

전쟁터

실탄을 장전한 나무들
비 오듯 총알을 쏘아댄다
숲은 연둣빛으로 점령당하고
북 치며 나팔 불며
새로운 군단이 진격한다
산등성마다 피로 붉게 물들고
꽃잎이 사방에 나뒹굴고 있다
승리한 봄이 초록을 싣고 행진하고
아지랑이 들판에 깃발을 날리며
바람 부대가 진을 친다

맥주 마시는 저녁

땡중 혼자 남은 절간 같구나!
이따금 안개가 들여다보고
사막과 마주 앉아 맥주 마시는 저녁엔
선인장도 덩달아 불쾌해
술술 넘어가는 술이
부처님 말씀 같아
나무아미타불 염불하는 저녁
세상에 이유 없는 외로움 없어
무슨 짓을 해도 간섭하는 이 없어
할 일 없이 맥주 마시는 저녁
딴생각 말라는 듯
딸년이 코앞에 걸어놓고 간
제 아비 사진이 내려다본다

정어리

동그란 눈들이 몸을 이끌고
무리 지어 바닷속을 달린다
기다리던 상어가 달려든다
어지러운 춤
한 무리가 먹힐 때마다
한 무리가
죽음을 피한다

나도
살아남은 자의 후손
너의 겁먹은 눈이 겹친다

조금의 힘

창문 앞에 서 있는 목련나무는
언제부턴가 나의 스승

날마다 조금의 힘을
가르친다

재작년 창문을 가린다고 중동을 잘라냈지만
절망하지 않고 조금씩 날마다 몸을 다시 만들어
올해는 상처가 아문 곳에 꽃송이 내밀더니
어느새 연둣빛 잎으로 둥글게 집을 지었다

조금의 힘을 불어넣자

오늘도 어제보다 조금 더 자라도록
영차영차!

종식이

다래나무로

직박구리 밥 먹으러 왔다

눈 오다 개인 저녁

우듬지에 올라

먼 곳을 향해

종식아, 밥 먹어

목이 찢어져라 부른다

종식 엄마 직박구리 되었나

이집 저집, 이산 저산 기웃대며

오늘도 외쳐 부른다

종식아, 밥 먹어

보리밥 먹어

첫눈

환한 곳에서 거울을 본다
이게 누구야?
얼른 얼굴을 돌린다

오후에 우연히 선배를 만났다
미인도 저렇게 늙는데 뭐

골목을 접어드는데
첫눈이 엉거주춤 내린다

나는 아직도 파가 뜨거운가?
바람난 똥개처럼 설레는데

저 눈송이
바람에 휘날리다 시퍼러 죽죽 널브러진
오동나무 잎에 주저앉는다

분홍이 스며들다

추모공원 입구까지 빨갛게 지절대며
마중 나온 명자꽃 아래
4월이 돋아나 반드레하다
당신 앞에 장미 한 다발 놓고 소주 따르니
멧새가 지지배 지지배 먼저 우네요
이십 대 젊은이가 새로 이사왔군요
바람에 벚꽃이 무너집니다
저 몽롱한 꽃잎이 떼지어 내려와
당신을 덮으니 오늘은 땅속에도
분홍의 입맞춤 스미겠네요

추석 무렵

달이 밝다
소주 한 잔 할래요?

여기 앉아요
당신 좋아하는 소주

놀러 오던 참새도 요샌 오지 않네
이맘땐 늘 그랬어

소주 한잔했는데
왜 울어?

아직도 소주 좋아해
거기도 소주 있어?

하루를 꼼작 않고 견디던
거미도 잠들었나 봐

적막강산이네

큰엄마

제 몸보다
큰 벌레를 입에 물고

부지런히 집에 가는
일개미

가만 보고 있으니

도망간 첩의 자식
내 자식, 못난 남편까지 거두어

동분서주하며 밥해대던
먼 그날의 큰엄마 생각난다

시와소금 시인선 147

귀를 두고 오다

ⓒ백혜자, 2022, printed in Seoul, Korea

초판 1쇄 인쇄 2022년 08월 25일
초판 1쇄 발행 2022년 08월 30일
지은이 백혜자
펴낸이 임세한
디자인 유재미 정지은

펴낸곳 시와소금
출판등록 2014년 1월 28일 제424호
발행처 강원 춘천시 충혼길20번길 4, 1층 (우-24436)
편집실 서울시 중구 퇴계로50길 43-7 (우-04618)
팩스겸용 (033)251-1195 / 휴대폰 010-5211-1195
이메일 sisogum@hanmail.net
ISBN 979-11-6325-050-0 03810

값 10,000원

춘천문화재단

· 이 시집은 춘천문화재단 전문예술지원사업 지원금으로 발간되었습니다.